太好玩了!超有趣的元曲

东寻 ◎ 著

王实甫　马致远

关汉卿

石油工业出版社

图书在版编目（CIP）数据

太好玩了！超有趣的元曲 / 东寻著. —北京：石油工业出版社，2022.12

（太好玩了！漫画中国文学）

ISBN 978-7-5183-5541-9

Ⅰ.①太… Ⅱ.①东… Ⅲ.①元曲–儿童读物 Ⅳ.①I222.9

中国版本图书馆CIP数据核字（2022）第154155号

太好玩了！超有趣的元曲

东寻　著

出版发行：石油工业出版社
　　　　　（北京市朝阳区安华里二区1号楼　100011）
网　　　址：www.petropub.com
编　辑　部：（010）64523689
图书营销中心：（010）64523731　64523633
经　　　销：全国新华书店
印　　　刷：三河市嘉科万达彩色印刷有限公司

2022年12月第1版　　2022年12月第1次印刷
880毫米×1230毫米　开本：1/32　印张：4.5
字数：50千字

定价：39.80元
（如发现印装质量问题，我社图书营销中心负责调换）
版权所有，侵权必究

作者：东寻

幽默风趣，能写会画，
超级勤奋，从不自夸。

别夸我啦，
我超忙的，
没时间说"谢谢"哦！

水豚君

搞怪小天使，呆萌万人迷，
与人为善第一名。

别担心，我完全没有被卡住。

小嘿

已经3秒没有发脾气的猫型"暖心宝"，
用最臭的脸做最暖的事。

我的照片好笑吧？
你倒是笑啊，
我正想找个人
磨爪子呢！

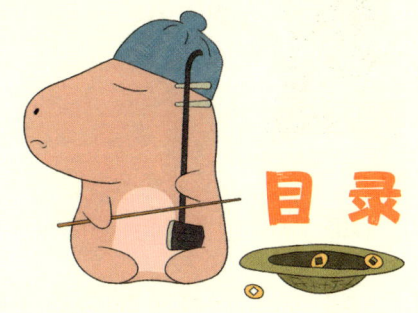

目录

1 散曲、杂剧，元朝的文坛双煞 001

2 杂剧导演初级篇：杂剧是啥？ 006

3 杂剧导演进阶篇：演员、曲词、舞台效果 012

4 "曲圣"关汉卿，技多不压身 017

5 关汉卿小剧场：《窦娥冤》 023

6 王实甫邀你观看《西厢记》 031

7 《西厢记》最终季 038

8 马致远：历史改编小能手 045

9 大佬剧场：郑光祖、白朴 051

10 剧荒了？尚仲贤、纪君祥作品上映中 059

11 哪里有不平，哪里就有水浒、公案剧 065

12 元杂剧演员能有多卑微 071

13 在元代，上哪儿看杂剧？ 078

14 方言加说唱，接地气的杂剧台词 084

15 演技和"特效"，一套科范就搞定 089

16 早期散曲：你身上有宋词的味道 093

17 散曲职业选手：白朴 099

18 关汉卿散曲：欢乐给我，深情给你 103

19 小马哥：嬉笑怒骂皆成散曲 109

20 其他散曲家：全是感情，还有技巧 116

快乐读元曲 124

散曲、杂剧，元朝的文坛双煞

有一对好兄弟，大哥叫"诗歌"，最初来自民间歌谣。

大哥经历了许多朝代，在唐朝到达巅峰，诗仙李白、诗圣杜甫等人写出了唐诗的天花板，让后人很难超越。

唐朝时，二哥也诞生了，他叫"词"。

二哥同样来自民间，他在宋朝发扬光大，成了文人的新宠。

文人参与创作，提高了宋词的创作门槛，把二哥整得越来越高大上，也让他离老百姓越来越远……

老百姓失去了大哥、二哥，急需三弟来替代。

究竟什么新文体能成为三弟呢？百姓也在苦苦寻找。

宋金时期大量少数民族音乐传入中原，为这些新曲调创作的歌词形成了一种新体诗，叫作"散曲"。

散曲便是众人苦苦寻找的三弟。

二哥词,三弟散曲,他们都是歌词,跟双胞胎似的,要怎么区分他们呢?

散曲比词更自由,长短句的搭配、增减更灵活。

散曲中的方言俗语也更多,比词放得开,可悲可喜,可雅可俗,十分贴近百姓生活,对百姓比较友好。

说到双胞胎，三弟确实有一个四弟，他叫"杂剧"。
散曲和杂剧并称"元曲"。
这哥俩在元朝制霸一方，可以说是"文坛双煞"。

然而要说影响力，杂剧远在散曲之上。

下一节咱们就从杂剧说起，让散曲先歇着。

杂剧导演初级篇：杂剧是啥？

什么是杂剧？

它是一种歌舞、对白、配乐等相结合的戏曲艺术。

杂剧在宋金时期已经萌芽，主要流行于北方，后来随着元王朝统一南北，杂剧便逐渐走向大江南北。

宋代《杂剧〈打花鼓〉图》中表演杂剧的女艺人

为什么杂剧能在元朝文坛独领风骚呢?

科举考试在元朝中断了很长一段时间,来自普通家庭的文人失去了考"公务员"的途径,一身才华无处施展。

还有一些人,虽然身为"公务员",但地位卑微,怀才不遇。

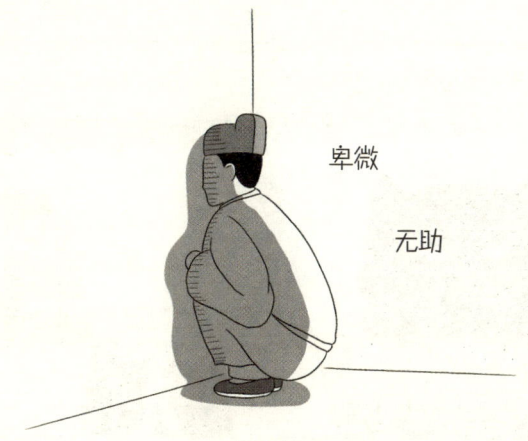

宋代以来,城市生活高度繁荣,百姓对歌舞、戏曲等文化娱乐活动产生了非常高的需求。

百姓的需求对怀才不遇的文人和底层"公务员"来说是一个机遇,创作杂剧的好处显而易见:满足百姓对文化艺术的追求;通过杂剧揭露社会弊病;一展才华;解决部分剧作家的温饱问题。

但要写好杂剧并不容易，假如你是杂剧"导演"，要怎么挑选合格的剧本呢？

元杂剧剧本有严格的格式要求，一般分为四幕戏，称为"四折"，少数剧本有五折、六折等。

"四折"的划分基本符合戏剧发展的四个阶段,也就是开端、发展、高潮和结局。

并且每一折戏都有一套自己专属的曲子。

如果四折都讲不完一个故事，除了扩展成五折、六折，还可以加"楔子"。

楔子用来交代人物、故事背景等，主要放在开头做序章，也可以放在两折之间做过场。

好了，敲定了剧本，这位导演，想想你还缺点啥吧。

杂剧导演进阶篇：
演员、曲词、舞台效果

杂剧是要搬上舞台的，没有演员怎么行？作为导演，挑选演员也是你要做的功课。

元杂剧的演员大致有四类，分别是：旦、末、净、杂。

正旦是剧中的女主角，正末是剧中的男主角。

副末、副旦等为男女配角。

元杂剧中，一般男女主角才有唱词，其余角色只念对白。

假如剧本被限定为"旦本戏"，那么整出戏只能女主角一个人唱，"末本戏"则由男主角一唱到底。

结合上一节的内容，可以总结出元杂剧的主要特征，即"四折一楔子"和"一人主唱"。

但"一人主唱"不是绝对的，部分剧作家认为"一人主唱"比较单调，便允许多人分唱、对唱。

再来看"净",这是剧中刚强、凶恶或搞笑的角色。

不属于以上三类的就是"杂",在剧中饰演官员、农夫、秀才等,有点类似于群众演员。

除了演员,元杂剧还有三个重要元素。

一、曲词。

曲词可以理解为台词,但主要以歌唱的形式来表现。

二、宾白。

宾白就是对话、旁白、独白等。

三、科范。

科范相当于现在的动作指导和舞台效果。

演员做什么表情、动作,舞台上出现刮风还是下雨,科范都有相应的指导。

看到这里,想必你完全搞懂怎么当杂剧导演了吧?

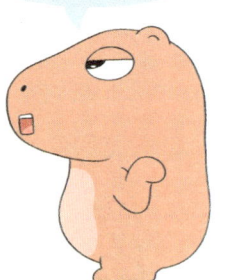

"曲圣"关汉卿，技多不压身

关汉卿，号已斋，解州（今山西运城）人。一生写了60多个剧，最著名的是《窦娥冤》。元杂剧奠基人，位列"元曲四大家"之首。据元代《录鬼簿》等书籍记载，关汉卿可能在太医院工作过。

而关汉卿的性格,可以用三个字概括:铜豌豆。

关汉卿在他创作的散曲《一枝花·不伏老》中写道:

"我是个蒸不烂、煮不熟、捶不匾、炒不爆、响珰珰一粒铜豌豆。"

这一粒刚强、坚定的铜豌豆就是关汉卿的性格写照。

从《一枝花·不伏老》的自述中，我们还能知道关汉卿博学多才。

他是"通五音六律"的音乐人，也是能歌善舞、有表演经验的剧作家。

关汉卿关心民间疾苦，从他创作的杂剧中能看出他对底层百姓的关怀，以及对元代社会黑暗面的憎恶。

关汉卿的剧作题材非常广泛，有历史剧、公案剧、社会剧、爱情剧等。

其中，历史剧以歌颂英雄人物为主；公案剧负责揭露官场黑暗；社会剧和爱情剧则反映了底层女性的生活，以及各种社会矛盾。

关汉卿对元杂剧有重大贡献,被后世尊为"曲圣"。作为杰出的剧作家,他的杂剧有哪些优点呢?

首先,故事情节紧凑,戏剧冲突强烈。

其次,人物塑造栩栩如生,比如《单刀会》中英勇无畏的关公,《窦娥冤》中宁死不屈的窦娥等。

《单刀会》

《窦娥冤》

最后，关汉卿善于吸收民间口语，并加以锤炼，使台词通俗易懂，并贴合剧中人物个性。

比如《窦娥冤》中的"张驴儿"这个角色，人如其名，讲话粗俗又无赖。

说了那么多，关汉卿的杂剧到底长什么样呢？来，拿好你的戏票，咱们下一节看戏去！

关汉卿小剧场:《窦娥冤》

楚州的蔡婆婆借了二十两银子给一个叫窦天章的穷秀才，到了还钱的日子，窦天章却还不上钱，只好拿女儿来抵债。

小嘿 饰 蔡婆婆

小姑娘来到蔡婆婆家后，改名窦娥，后来嫁给了蔡婆婆的儿子。可惜没多久蔡婆婆的儿子因病去世，留下蔡婆婆和窦娥相依为命。

长大后的窦娥

一天，蔡婆婆去向赛卢医讨债，赛卢医不但不还钱，还将其骗至无人处，企图勒死蔡婆婆。此时恰好经过的张驴儿父子救下了蔡婆婆。

然而张驴儿父子并不是什么好人，俩人逼迫蔡婆婆和窦娥嫁给他们。

窦娥得知此事后，坚决不肯嫁给张驴儿这种无赖。

张驴儿见窦娥不从,便向赛卢医讨毒药,他心想:"要是毒死了蔡婆婆,窦娥不就归我了吗?"

张驴儿小算盘打得挺好,却意外毒死了自己的亲爹。

这时张驴儿拿出他无赖的绝活,去官府告状,将父亲的死赖到了窦娥身上。

昏官也是不分青红皂白,对窦娥严刑拷打逼她招供。

窦娥宁死不屈,可蔡婆婆年纪大了,禁不住拷打,为了救蔡婆婆,窦娥被迫认罪。

昏官判了窦娥死罪,便将她押送刑场问斩。

行刑前,窦娥发出三桩誓言,假如自己是冤枉的,就血溅白练、六月飞雪、大旱三年!

窦娥死后,三桩誓言果然全部应验!

你还记得窦娥的父亲窦天章吗?

曾经的穷秀才,如今考取进士在朝廷里做了官,专门查处贪官污吏,皇帝还给了他先斩后奏的特权。

窦天章审阅文卷时，看到了窦娥的案子，但是窦娥改了姓名，他并没有认出这是自己的女儿。

窦天章入睡后，窦娥在梦里与他相认，并诉说自己的冤屈。

窦天章事后含泪将真相查明，把张驴儿、赛卢医以及昏官全部绳之以法，还了窦娥一个清白。

幕后花絮　导演采访

《窦娥冤》是关汉卿的代表作之一，此外他还有不少优秀剧作，比如《救风尘》，说的是赵盼儿为了搭救婚后被虐待的姐妹，与商人斗智斗勇的故事。

《救风尘》为底层女性发声，赞扬了她们坚强执着、敢于反抗的精神。

6 王实甫邀你观看《西厢记》

王实甫,元代剧作家,代表作《西厢记》。

王实甫没有入选"元曲四大家",但《西厢记》被同行贾仲明评价为"天下夺魁"(《凌波仙》),即天下第一。

关于王实甫的生平记载不多,《录鬼簿》一书只说他"名德信,大都人",原名德信,大都(今北京)人。

除了评价《西厢记》，贾仲明在《凌波仙》中还写道：

"翠红乡，雄纠纠，施谋智。作词章，风韵美……"

这样我们对王实甫又多了一点了解。他流连歌楼，与底层人民接触密切，并且很有才华，诗词文章写得极好。

王实甫的生平先说到这儿，后边直接来看小剧场吧！

王实甫小剧场:《西厢记》。

编剧
王实甫

西厢记

唐朝时，有个叫张珙的小伙子，他的父母相继病故，留下他一人四处游学。

张珙去京城参加科举的路上经过普救寺，听说女皇武则天在这里烧过香，是个很火的景点。

张珙入寺游玩时，看到一个少女，她的美真是世间少见，看得张珙眼珠子都快飞出来了！

崔莺莺

张珙

水豚君 饰 红娘

张珙一打听,原来少女叫崔莺莺,是位千金大小姐。

崔莺莺的父亲曾经在朝中担任相国,可惜已经因病去世。

他还得知崔莺莺和母亲崔老夫人等人在普救寺暂住。

张珙对崔莺莺一见钟情,便在普救寺住下来等待机会。至于进京考试,他早忘了个一干二净。

崔莺莺有个侍女叫红娘,她出门办个事,结果被张珙拉着一顿聊。

红娘,等一下,小弟有话说!

红娘回屋后,把张珙的事告诉了崔莺莺,说这小子傻乎乎的,一见面就把自己的生日、籍贯和没结婚的事说了个遍,还问崔莺莺平时出门玩吗。

崔莺莺很聪明,一听就知道张珙这是看上自己了。

张珙知道崔莺莺每晚都去花园烧香,夜里便溜进去,躲在墙角念诗。崔莺莺听到张珙的诗句,也作诗相和。

就这样,崔莺莺和张珙互生爱意,可惜崔莺莺家教很严,俩人不能经常见面。

与此同时,一个叫孙飞虎的将领也看上了崔莺莺,他带了五千人马围住普救寺,要崔莺莺嫁给他,否则就烧了寺院!

崔莺莺难道真要嫁给孙飞虎?且看下节分解。

7 《西厢记》最终季

眼看寺院被贼军团团围困,寺里的人赶紧聚起来想办法。崔莺莺向母亲建议,只要有人杀退贼军,不管这人是谁,她都愿意嫁给他。

崔老夫人觉得这个办法可行,便向众人宣布:"两廊僧俗,但有退兵之策的,倒陪房奁(lián)(不要彩礼,反而送他财产),断送莺莺与他为妻。"

张珙一听,站出来说自己有退兵之计!

原来张珙有个好哥们叫杜确，此人是统领十万大军的将军，只要张珙写一封信，杜确必定前来相救！

张珙写好信交给一位僧人，僧人杀出重围，成功将求救信息传达给了杜确。

寺里众人苦等了三天，本以为没救了，忽然听到寺外一片喊声，杜确果然率大军赶来了！

贼军被击退后，张珙心想跟崔莺莺的婚事成了，结果崔老夫人反悔了，让崔莺莺拜张珙做哥哥……

眼看崔老夫人要拆散一对恋人，红娘偷偷安排崔莺莺和张珙相见，还为他们传递书信，决心成全他们。

结果崔老夫人知道了这件事，要揍红娘一顿。

红娘面不改色,并指责崔老夫人不讲信用,有损相国的名声。

经过一番思想斗争,崔老夫人让了一步,叫张珙先去京城考试,做了官就回来娶崔莺莺,落了榜就别回来了。

张珙本来就才华横溢,半年后考了个状元回来,正当他准备迎娶崔莺莺时,半路却杀出个郑恒。

原来崔莺莺早被父母许配给人了,郑恒就是她的未婚夫。

郑恒想讨回崔莺莺,却被红娘怒斥,骂他在崔莺莺有难时当缩头乌龟!最终郑恒灰头土脸地走了。

之后郑恒想了个毒计,散布谣言说张珙发达了,早在京城结婚了。崔老夫人信了谣言,便安排崔莺莺跟郑恒结婚。

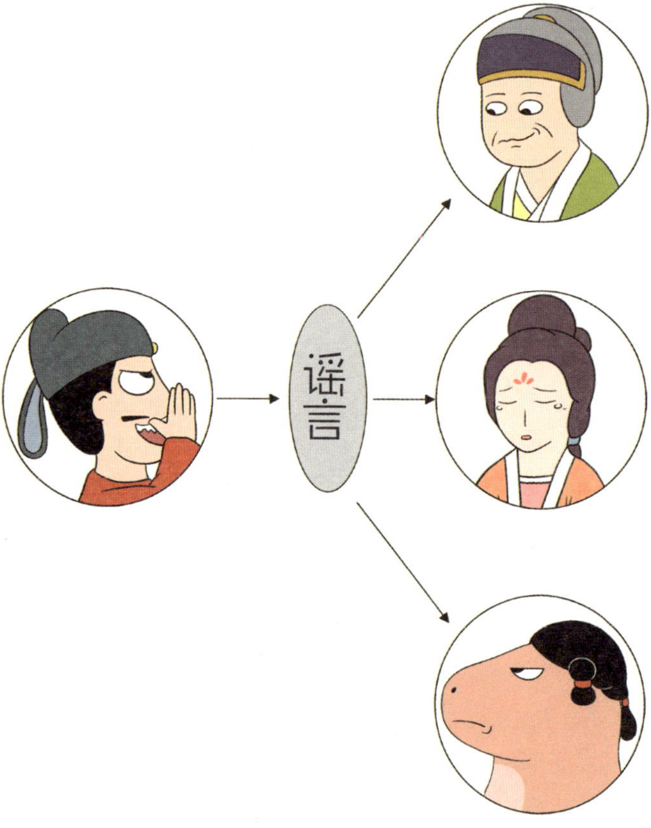

婚礼这天,张珙赶回了普救寺,却被崔莺莺和红娘一顿指责,说他忘恩负义。

张珙为了证明清白，请来好兄弟杜确做证。

杜确来后，揭穿了郑恒的谎言，还吓得郑恒当场退婚。

最终，在杜确、崔老夫人以及红娘等人的见证下，张珙和崔莺莺终于克服重重困难，喜结连理！

《西厢记》取材自唐代诗人元稹的《莺莺传》等作品，王实甫进行了大量的再创作，使人物和故事都更丰满。

　　剧中塑造了不少深受观众喜爱的角色，比如温柔、坚定的崔莺莺，痴情、忠厚的张珙，勇敢、机智的红娘。

　　思想上，《西厢记》狠狠批判了包办婚姻制度，表达了对自由恋爱的支持。

马致远：历史改编小能手

作者我最近收到了投诉。

元曲四大家是关汉卿、马致远、郑光祖、白朴四位。

聊完关汉卿就该说马致远了，结果让王实甫插了个队。

不愿透露姓名的马致远先生投诉说，他等上场很久了。

那么这一节就聊聊元代剧作家马致远。

马致远,大都人,曾在江浙一带做过官。

历史剧《汉宫秋》是马致远最杰出的剧作之一,取材于汉代王昭君与匈奴和亲的历史故事。

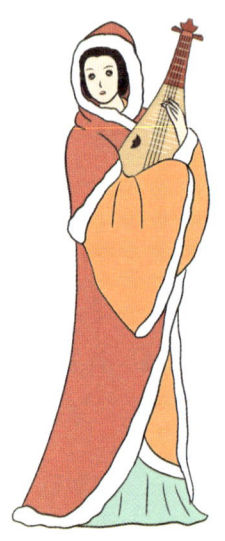

剧作说的是汉元帝命令宫廷画师毛延寿为他挑选宫女,美艳动人的王昭君因为拒绝行贿,毛延寿便丑化了昭君的画像,想让元帝把昭君打入冷宫。

后来元帝见到了昭君本人,一时惊为天人。
毛延寿眼看自己的丑事败露,赶紧开溜。

但毛延寿心里不服气啊,就去跟呼韩邪单于(匈奴首领)说昭君有多美,让单于把昭君娶回去,要是元帝不答应,就发兵打过去!

面对匈奴大军的威胁,元帝虽然舍不得昭君,但也无可奈何,只好安排昭君出塞,去跟匈奴和亲。

当昭君来到大汉边境,对家国不舍的她毅然投江自尽!

呼韩邪单于害怕昭君的死会得罪大汉,赶紧把罪魁祸首毛延寿送回大汉处治。

　　《汉宫秋》对史实有改动，比如历史上的昭君并没有自尽，马致远只是通过戏剧化的方式来突显剧中昭君的不幸，以及她爱国的气节。

　　《汉宫秋》以爱情和爱国为主题，描绘昭君和元帝凄美爱情的同时，也嘲讽了文武百官面对强敌的无能。

剧中的唱词很优美，比如昭君与元帝分别时唱道：

"月昏黄，夜生凉；夜生凉，泣寒螀（jiāng）；泣寒螀，绿纱窗；绿纱窗，不思量。"

唱词短促而富有节奏，离别在即的紧迫和愁苦在一瞬间爆发了出来。

9

大佬剧场：郑光祖、白朴

元曲四大家还剩两位，咱们一次说完。

郑光祖，曾在杭州做过官，他为人方直，在官场不受待见，但因为才华横溢，被元朝"演艺圈"尊称为"郑老先生"。

郑光祖的剧作充满了想象力和浪漫色彩，启迪了不少后来的剧作家，比如明朝剧作家、文学家汤显祖。

郑光祖的代表作为《倩女离魂》，取材自唐代传奇《离魂记》。

《倩女离魂》的故事是这样的，王文举和张倩女出世前已经被双方父母指腹为婚，然而倩女的母亲嫌弃王文举没有考上"公务员"，不许俩人成亲。

后来王文举前往京城考试，倩女居然灵魂出窍，一路相随。

王文举考上"公务员"后荣归故里，倩女的魂魄也回到了自己的身体，最终俩人成了亲。

《倩女离魂》的故事很简单，但它成功塑造了一个敢于对抗封建礼教的女性形象，鼓励人们勇敢追求幸福。

聊完了郑光祖,再来说说白朴。

白朴的父亲和元代大文学家元好问是好友,白朴从小受元好问的指导和影响,加上他天资聪颖,因而在词曲创作上有一定成就。

白朴生前没有做过官,去世后被朝廷赠予了"嘉议大夫"等官衔。

白朴的代表作之一《梧桐雨》，取材自唐代诗人白居易的《长恨歌》等，讲述的是唐玄宗和杨贵妃的凄美爱情故事。
　　《长恨歌》中唐玄宗最终与死去的杨贵妃在仙境中重逢，《梧桐雨》的结局则是唐玄宗听着雨打梧桐，独自承受失去杨贵妃的痛苦。

《长恨歌》是浪漫的长篇叙事诗,《梧桐雨》则是现实的历史剧。

剧作通过主人公曲折的爱情,反映了唐王朝的兴衰。

生动、典雅的曲词,营造出了令人心碎的悲剧氛围,完美展现了唐玄宗对江山和杨贵妃的无限怀念。

白朴还有不少优秀剧作,其中爱情剧《墙头马上》也是从白居易那里取材的,被取材的诗歌是《井底引银瓶》。

《墙头马上》讲的是李千金不在乎封建礼教的反对,毅然和公子哥裴少俊私自结合,并生下一儿一女。

裴少俊的父亲发现此事,便迫使裴少俊写下休书,与李千金离婚。

裴少俊做官后,去求李千金复合,裴少俊的父亲也来相劝,但李千金性格刚强,不肯答应。

裴少俊只好把儿女带来,李千金被儿女哭得心软,才与裴少俊重归于好。故事至此完结。

《墙头马上》的成功在于李千金这个角色的出彩,她个性刚强,不轻易低头,敢于对抗封建礼教,这是很难得的。

剧荒了？尚仲贤、纪君祥作品上映中

看完了元曲四大家的作品，没剧看了怎么办？

别急，元朝还有许多优秀的剧作家。

1. 尚仲贤，代表作《柳毅传书》。

唐朝时，一个叫柳毅的小伙子考试落第后去拜访朋友，路上遇到一个牧羊姑娘，想不到她居然是龙王的女儿！

牧羊姑娘自称龙女三娘,是泾河小龙的妻子。

泾河小龙受婢女蛊惑,跟三娘闹别扭,导致三娘被扔到岸上放羊,日子过得很凄苦。

柳毅很同情三娘,便带着三娘的书信来到洞庭湖龙宫。三娘的叔父火龙得知此事,率兵来到泾河营救三娘。

三娘一家为了感谢柳毅，决定将三娘许配给他。可柳毅拒绝了这门亲事。

但事后柳毅又后悔了起来，对三娘日思夜想。

回家后，柳毅得知母亲已经为自己订了一门亲事，柳毅奉母亲之命与这名女子成亲，婚后惊喜地发现，原来这名女子就是龙女三娘！

《柳毅传书》取材自唐代传奇《柳毅传》，剧中塑造了一位敢爱敢恨、勇敢追求爱情的龙女。

　　类似的剧作还有元代剧作家李好古的《张生煮海》。

　　张生与龙女相爱，却受到龙王阻挠。后来张生得到仙姑的帮助，用宝物银锅煮海水，吓得龙王只好答应了张生与龙女的婚事。

　　《柳毅传书》和《张生煮海》都赞扬了敢于自由恋爱的青年。

2.纪君祥,代表作《赵氏孤儿》。

春秋时期,奸臣屠岸贾谋害了忠臣赵盾一家,甚至连尚未出生的小孩也不放过。

门客程婴牺牲自己的孩子,救出了赵家的孤儿。

孤儿长大后知道了自己的身世,最终抓住屠岸贾,为自己的家族报了冤仇。

《赵氏孤儿》取材自真实历史"下宫之难",即春秋时晋国的赵氏家族因被陷害而遭到灭门的事件。

　　剧作采用了部分历史事实,也吸收了一些民间传说。

　　整部剧的核心是"申冤",虽然故事有些沉重,但通过大仇得报的结局,剧作家给予了观众正义必胜的信心!

哪里有不平，哪里就有水浒、公案剧

又有一批新剧上架，快坐下来吃个包子，边吃边追剧。

除了爱情剧和历史剧，元朝还有两类特别火的剧：水浒剧和公案剧。

水浒剧主要讲述梁山好汉行侠仗义、除暴安良的故事。

如果排一个水浒剧人气榜，那么剧作家康进之的《李逵负荆》一定能进前十。

《李逵负荆》是一部喜剧，讲的是梁山附近有个老汉开了家酒店，一天，酒店里来了两个恶棍，自称是梁山好汉宋江和鲁智深。

两个冒牌货抢走了老汉的女儿。

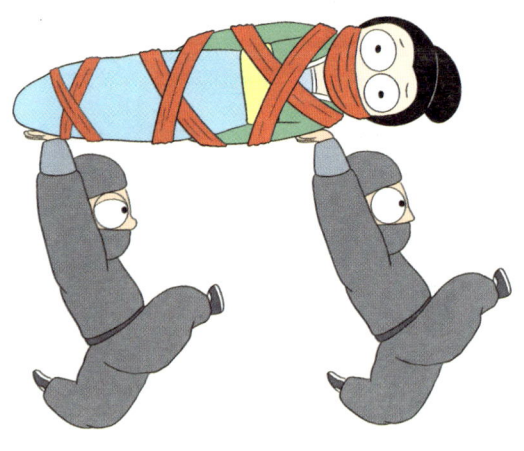

梁山好汉李逵去酒店喝酒,听到老汉哭诉女儿被抢的事,便回梁山大闹,要砍了大哥宋江的杏黄旗。

后来宋江和鲁智深下山找酒店老汉当面对质,原来抢走老汉女儿的是两个冒牌货,他们冒用了宋江和鲁智深的身份。

李逵知道自己误会了宋江和鲁智深,便背上荆条请罪,而后将两个冒牌货擒获,将功赎罪。

剧作塑造了一个经典的李逵形象,他鲁莽,但富有侠义心肠,为了给百姓一个公道,居然敢找自己的大哥问罪。

他脾气火暴,但有错就认,透着一股猛男的可爱。

另一类热门剧是公案剧,主要讲述清官为民做主的故事,剧中常见的清官形象是包公,民间又称他为"包青天"。

《陈州粜（tiào）米》是典型的公案剧，剧作说的是河南陈州发生旱灾，朝廷派了两个官员去救济灾民，可他们不但没有救灾，反而搜刮百姓财产，还打死了一个灾民。

灾民临死前叮嘱儿子去开封府找包公申冤，包公清正廉洁，一定会为民做主！

包公得知百姓冤情后，前往陈州微服私访，最终查明真相，将打死灾民的官员就地正法，另一个贪官则交由朝廷处置。

水浒剧和公案剧的火热，反映出元代百姓受到的压迫，他们盼着能有梁山好汉和包公这样的人物为社会带来正义。剧作家们通过创作，将百姓的心声呼喊了出来。

元杂剧演员能有多卑微

小嘿出演《柳毅传书》后,戏精附体,立志要做杂剧演员。

幻想中

幻想中

为了让小嘿放弃幻想,有必要讲讲元代杂剧演员有多难。首先,元代杂剧演员大多家境贫寒,为了生存才去学艺。

实际上手里捧着窝窝头,菜里没有一滴油……

杂剧演员通常会组成戏班,一部分戏班专为贵族演出,生活条件稍好一些,但也是受尽压迫,挨打挨骂都是家常便饭。

"乱了宫商,扣厅责你四十"(元杂剧《钱大尹智宠谢天香》),意思是说唱乱了调子,要重打四十下!

另有一类戏班则是走南闯北,一边流浪一边演出。这些流浪艺人在古代有专门的称呼,叫"路岐人"。

前面说过元杂剧的特点是"一人主唱",但古代戏班规模不大,每一位演员都必须多才多艺,能出演多个角色,甚至还要吹拉弹唱。

演员付出了那么多,收入却不高,不过是"觅几文济饥寒得温暖养家钱"(元杂剧《汉钟离度脱蓝采和》),挣几文辛苦钱,解决饥寒交迫的问题。

演员老了、病了也不能闲着,因为戏班不养闲人。

《汉钟离度脱蓝采和》中有个角色叫王把色,他已经八十岁了,还得帮着戏班打鼓配乐。

杂剧演员不但生活艰难,还会受到许多歧视。

"若娶乐人做媳妇呵,要了罪过"(元代《通制条格》),外行人和艺人结婚居然被认为是罪过……

包括杂剧演员在内的古代艺人为啥被歧视呢?

古代社会有等级制度,艺人通常被列为最低等。

在元代，有不少针对艺人的禁令，比如"禁倡优盛服""不许戴笠、乘马"（《元史》），艺人不许穿隆重、华丽的衣服，不许戴斗笠，不许骑乘马匹。

元代法律还禁止艺人参加科举考试。

艺人甚至不配拥有姓名,一旦入行就只能使用"乐名",也就是艺名。

今天咱们取个艺名是为了好听、好记,元代艺人却因为地位卑微,怕丢家族的脸,不得不用艺名……

在元代，上哪儿看杂剧？

在元朝，假如你是官员，可以在"办公楼"和住宅里看剧。

只要官员使唤一声，艺人必须放下手里的一切活计赶去表演，这种形式被称为"唤官身"。

在官府中表演，表面上风风光光，实际上提心吊胆，迟到或者唱错词都可能挨板子。

相比之下，路岐人，也就是流浪艺人要自由得多，广场、菜市场就是他们的舞台，这种演出方式称为"打野呵"。

打野呵也不容易，碰到雨雪天气就无法演出。

另外,为了防止观众看完戏就跑路,打野呵的演员可能演一会儿就停下来收费,很影响观看体验。

宋元时,流行一种集餐饮、文娱等于一体的娱乐场所,叫"勾栏瓦舍",有了它,唤官身和打野呵遇到的难题都化解了!

去勾栏瓦舍逛剧场是怎样一种体验呢?

咱们邀请水豚君回答一下。

水豚君:谢邀,进勾栏瓦舍看戏要买"门票"。

剧场有观众席,从里往外逐层加高,被称为"腰棚",正对戏台而位置较高的看台叫"神楼",看剧体验很好。

如果你去路边看"打野呵",对布景啥的就不要有要求了,但勾栏瓦舍里边有戏台,戏台上有布景、有道具,相当专业!

戏台左右各有一个通道,俗称"鬼门道",在元杂剧剧本中写作"古门"。演员一般从古门左侧上场,右侧下场。

戏台分前后台,前台用于表演,后台设有戏房,用来给演员化妆、休息等,有时也配合前台作为内室等场景。

戏台旁边设有"乐床",女演员们就坐在这里等上场,同时起到吸引观众的作用。

哎呀,好戏开场了,体验就先说到这里!

山西省临汾市等地还保留着几座元代戏台,大家有兴趣可以去看看哦。

方言加说唱,接地气的杂剧台词

回到元朝看杂剧会有什么问题吗?

来听一段唱词:

"酪子里各归家,葫芦提闹到晓。"(《西厢记》)

明明全是中文,怎么听出了英语听力的感觉!

"酪子里"和"葫芦提"是元朝的方言俗语,都是糊里糊涂的意思,所以这句话大意是糊里糊涂回了家,糊里糊涂闹到天亮。

再看这句"枉将他气杀也么哥"(《窦娥冤》),"也么哥"在杂剧中很常见,属于语气助词,类似于"啊""呀"等。

这句话翻译一下就是只怕气坏了他呀!

为什么杂剧里会出现大量方言俗语呢?

因为杂剧的主流观众是老百姓,使用方言俗语是为了浅显直白,亲近老乡。

除了方言，剧作家也用诗歌、顺口溜等形式来写台词，比如《窦娥冤》中角色上场时，会念上场诗来介绍自己。

花有重开日，人无再少年。
不须长富贵，安乐是神仙。
老身蔡婆婆是也。

叠字和叠句也是杂剧台词的特色，用来表达强烈的感情。
"痛煞煞伤别，急煎煎好梦儿应难舍；冷清清的咨嗟，娇滴滴玉人儿何处也！"（《西厢记》）

娇滴滴　　　　　　　　　痛煞煞

杂剧台词有说有唱,唱词比说词要讲究一点,毕竟唱词要配合音乐。

既然要配合音乐,就得押韵,还得跟曲风相符。

唱词跟曲风不相符的感觉就像:

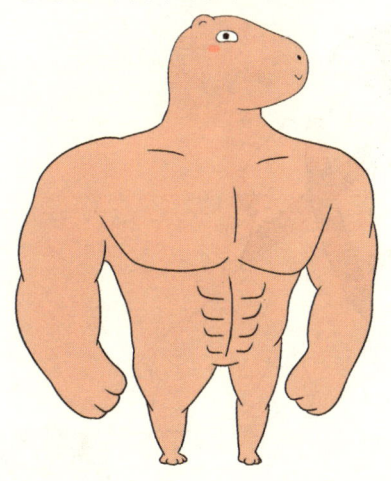

曲调名字,比如"宫调""仙吕宫"等,统称"曲牌"。

元人燕南芝庵的《唱论》一书对各种曲牌的风格做了总结,比如"宫调"典雅沉重,"仙吕宫"清新绵邈。

《窦娥冤》中有一段唱词:"【正宫·端正好】没来由犯王法,不提防遭刑宪,叫声屈动地惊天!"

你能猜出窦娥唱的这段"正宫"的曲风吗?

多谢水豚君导演泄露答案,正宫的曲风就是惆怅而雄壮。

总之,优秀的杂剧台词通俗但不俗,剧作家将口语进行提炼和升华,用以展现人物性格,这很考验语言功力。

15

演技和"特效",一套科范就搞定

演杂剧不能光用嗓子,除了说唱还得有动作。

咱们前面说过杂剧也有动作指导,称为"科范",那它是怎么指导演员演戏的呢?

来看《西厢记》的剧本:"(夫人哭科)俺家无犯法之男……"

这里的"夫人哭科"就是科范,意思是让你演哭戏,你要哭不出来,就换"老太太专业户"小嘿来演。

科范对演员的表情通常有细致的指导。

比如,《柳毅传书》中有"正旦做微笑科""钱塘君做怒科""老龙做悲科"等。

然后是对动作的指导,简单的有"做见科"(见面打招呼),"做拜谢科"等。

进阶的动作指导需要演员有一定技艺,当剧本出现"做跳舞科"你得会跳舞,出现"做战科"你得会武戏。

一些搞笑动作也属于科范。

"末打净,净打丑,诨科"(施惠《幽闺记》),诨科是指用滑稽的语言或动作引观众发笑。

成语"插科打诨"就是从戏曲而来,表示搞笑、逗笑。

除了表情、动作，舞台效果也属于科范，比如打雷闪电、虫鸣鸟叫等。

《窦娥冤》中，窦娥在刑场发出三桩誓言，其中一桩是"六月飞雪"。

此时剧本要求"内做风科"，意思是让舞台上起风，以便体现天气突然转阴，让观众真切地感受到窦娥的冤屈。

16
早期散曲：你身上有宋词的味道

差点儿忘了杂剧的三哥"散曲",既然换了标题,那就聊聊它。

散曲的体裁主要有小令和散套两种。

小令又叫"叶儿",通常指单曲,比较短小。也有几支小令组成的曲子,叫"重头小令"。

散套由调子相同的若干曲子组成,篇幅长,规模大。

散曲其实就是一种民歌,比诗词更活泼,也更好玩。

元代散曲家杜仁杰的散曲就以"搞笑"著称。

杜仁杰的散套《耍孩儿·庄家不识构阑》讲述了庄稼汉去勾栏看戏的欢乐场面:"要了二百钱放过咱,入得门上个木坡。见层层叠叠团圞(luán)坐。"

一场接一场的演出,把头一次看戏的庄稼汉给乐坏了。"刚捱刚忍更待看些儿个,枉被这驴颓笑杀我。"憋着笑想多看几场戏,结果差点被个演员笑死俺!

杜仁杰的这部作品体现了散曲的一些特色,即浅显直白,生动活泼,并融入方言俗语。

"正打街头过,见吊个花碌碌纸榜,不似那答儿闹穰穰人多。"
《耍孩儿·庄稼不识构阑》

元朝方言这样讲:鲜艳叫作"花碌碌",热闹叫作"闹穰穰"。

杜仁杰生活在金末元初,他博学多才,但无心做官,多次拒绝了朝廷的征召,隐居在山中。

与杜仁杰同一时期的散曲名家还有元好问等人。

元好问,金末元初文学家、史学家。他为官多年,亲历过国家的动乱,创作了不少反映民间疾苦的诗文。

诗文之外,元好问也写散曲,风格清新,富有开创性。

"骤雨过,琼珠乱撒,打遍新荷。"(《骤雨打新荷》)

突然来了一场雨,好似漫天撒下珍珠,敲打着新生的荷叶。

这支散曲是不是读起来像宋词?

没错,早期散曲身上确实有不少宋词的影子。

散曲职业选手：白朴

元好问被尊为金末元初的北方文坛盟主，他的工作重心主要在诗词文章等方面，散曲可以说是写着玩儿。

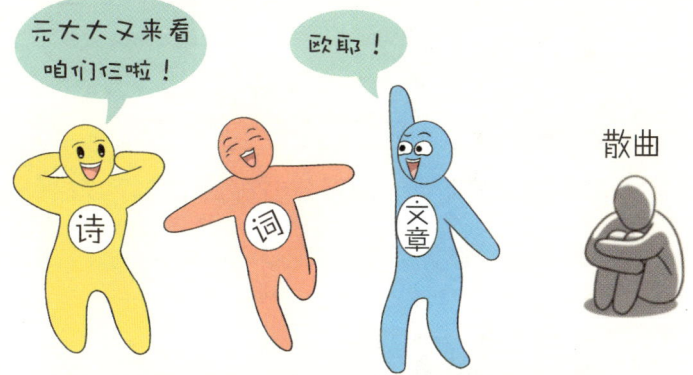

但是元好问栽培出了一位散曲职业选手，白朴。

白朴博学多才，不仅是剧作家，还是诗人、词人、散曲家。

白朴的散曲大致可以分为三类：

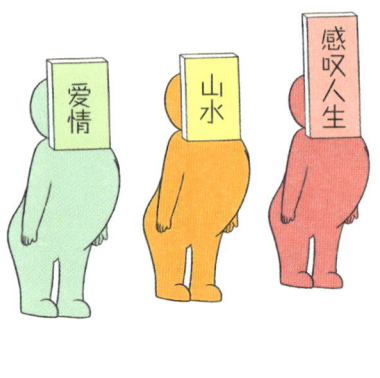

白朴的爱情散曲中，相思是经常出现的主题。

"才郎一去信音疏，长叹吁，香脸泪如珠。"（《阳春曲·题情》）

郎君一去无音信，我长吁短叹，脸上挂满泪珠。

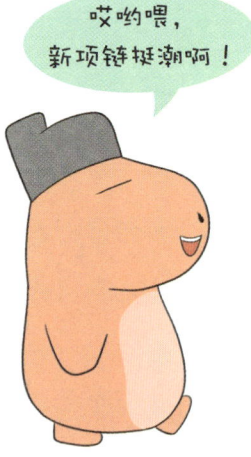

白朴终身不仕，纵情山水，他的写景散曲清新雅致。

"啼莺舞燕，小桥流水飞红。"（《天净沙·春》）

比起写景，白朴的作品更多是在咏物中感叹人生，其中有他对权贵的不屑。

"傲杀人间万户侯，不识字烟波钓叟。"（《沉醉东风·渔夫》）

敢于鄙视权贵者谁人啊，是那不识字的渔夫！

也有一些作品表达了白朴对功名的淡薄，对隐居的向往，比如《寄生草·饮》写道"糟腌两个功名字"，意思是功名俩字拿来泡酒。

"不达时皆笑屈原非，但知音尽说陶潜是"，可怜屈原不该投江自尽，应该像陶渊明一样归隐田园。

关汉卿散曲：欢乐给我，深情给你

未必，《窦娥冤》虽然沉重，但关汉卿的散曲可欢乐了！

"我玩的是梁园月，饮的是东京酒；赏的是洛阳花，攀的是章台柳。"（《一枝花·不伏老》）

人家赏月、赏花、喝美酒，还有歌女做伴，快活着呢！

关汉卿的散曲语言诙谐，处处体现着他洒脱的个性。

"旧酒投，新醅泼，老瓦盆边笑呵呵。共山僧野叟闲吟和。他出一对鸡，我出一个鹅，闲快活。"（《四块玉·闲适》）

老酒加工完,新酒也酿好,大家围着个瓦盆笑,山僧和老翁呀大家一起把诗唱。别人出对鸡,我出一只鹅,悠闲又快活!

关汉卿不是傻快活,他的洒脱源于他看透世俗的智慧!

"离了利名场,钻入安乐窝,闲快活。"(《四块玉·闲适》)

除了表达自己的人生智慧,关汉卿的散曲更多的和爱情相关。当他写到爱情时,曲风就从诙谐转向了深情。

"自送别,心难舍,一点相思几时绝。"(《四块玉·别情》)

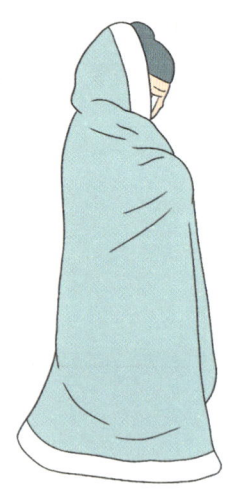

关汉卿也把深情给了底层艺人,和他们惺惺相惜。

《一枝花·赠朱帘秀》是关汉卿送给女艺人朱帘秀的散曲,曲作一语双关,用华美的珠帘来赞美朱帘秀。

"轻裁虾万须,巧织珠千串。"虾须是帘子的别称,珠千串则形容歌声优美,这一句是夸朱帘秀人美歌甜。

除了写人写情，关汉卿也擅长写景，比如这首《一枝花·杭州景》中写道："一陀儿一句诗题，一步儿一扇屏帏。"

每一处都值得题诗，每一步景都像画屏。关汉卿用活泼的语言道出了杭州如诗如画的特色。

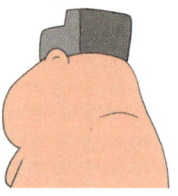

最后小嘿带来一首改编版《孤勇者》为大家做总结。

小马哥：嬉笑怒骂皆成散曲

剧作家马致远也是散曲职业选手，并且属于顶尖的那一拨，被业界尊为"小马哥"，啊，不是，是"曲状元"。

马致远做过官,但这官做得很郁闷,所以他写了不少散曲来释放愤世嫉俗、怀才不遇的情绪。

马致远的《金字经·夜来西风里》很有代表性,他愤世嫉俗的"怒"和怀才不遇的"悲"都在里头了。

"夜来西风里,九天鹏鹗(è)飞。困煞中原一布衣。悲,故人知未知?登楼意,恨无上天梯。"

夜里西风来，大鹏展翅高飞，我却只能原地受困。可悲啊，老友你知道吗，我空有登高楼的志向，却没有上高楼的梯子！

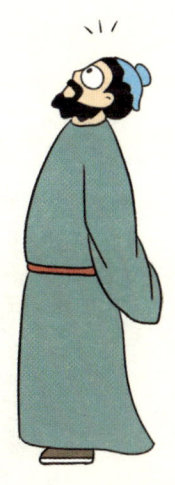

不过马致远还算想得开，与其在名利场备受摧残，不如去过有诗有酒的归隐生活。

"利名竭（jié），是非绝。"（《夜行船·秋思》）

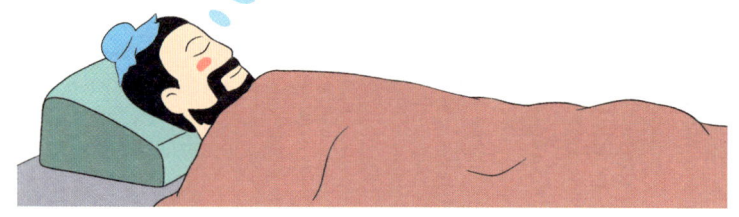

"便北海探吾来，道东篱醉了也。"

马致远隐居的决心很坚定，哪怕孔北海（即汉代文学家孔融）这样的大人物前来探望，他也不见，就说自己醉了。

马致远还有一首"秋思"名作。

"枯藤老树昏鸦，小桥流水人家，古道西风瘦马。夕阳西下，断肠人在天涯。"（《天净沙·秋思》）

这支散曲光是列举枯藤、老树、西风、瘦马等，就有极强的画面感，这些景物动静结合，透着苍凉的秋意。

最后夕阳中的断肠人，更是将漂泊者的悲伤推向了顶峰。

马致远也走过搞笑路线,创作了一些风格诙谐的散曲。

《耍孩儿·借马》说的是一个爱马如命的马主人,不料"有那等无知辈,出言要借,对面难推",有个不知好歹的家伙居然来借马,弄得马主人浑身难受,但又不得不借。

勉强把马借了出去,马主人千叮咛万嘱咐:"饱时休走,饮了休驰。"马儿吃了饭别让它走,马儿喝了水别让它跑。

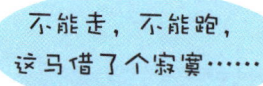
不能走,不能跑,这马借了个寂寞……

马致远走起言情路线来也不逊色。

"相思病,怎地医?只除是有情人调理。"(《寿阳曲》)相思病怎么医?思恋的对象就是解药。

总之,马致远的作品题材广泛,嬉笑怒骂皆成散曲,有很高的艺术成就。

其他散曲家：全是感情，还有技巧

郑光祖也写散曲，风格清新婉约，用情至深。

《蟾宫曲·梦中作》是郑光祖的写情散曲，讲述他在梦中依稀见到苦苦思念的人，还隐隐闻到她的香气。

"唤起思量,待不思量,怎不思量?"

她的身影和芳香唤起了"我"的思念,相思太苦,"我"想狠下心不想她,可又怎能不想她!

郑光祖还有一些作品表达了他的处世之道。

"想应陶令杯,不到刘伶墓。怎相逢不饮空归去。"(《塞鸿秋》)

郑光祖能说的不多，但好在元朝还有不少优秀的散曲家。

姚燧（suì），元朝文学家，他年幼丧父，由伯父姚枢（元朝大臣）抚养长大，年少时拜教育家、思想家许衡为师。

姚燧的诗文名噪一时，散曲也是一绝，主题大多以感怀、咏物、情感为主。

"欲寄君衣君不还,不寄君衣君又寒。寄与不寄间,妾身千万难。"(《凭阑人·寄征衣》)

想给你寄冬衣,又怕你有衣服穿就不回家,不寄又怕你冷。唉,寄与不寄,千难万难……

小小的衣服和选择困难症,把思妇的愁苦和对丈夫的真情表现得淋漓尽致,姚燧这支散曲篇幅虽短,但回味无穷。

至于姚燧的感怀作品，就是表达一些人生哲学。"有人问我事如何，人海阔，无日不风波。"（《阳春曲》）

姚燧先说到这儿，接下来介绍和姚燧齐名的卢挚，二人并称"姚卢"。元朝初年，不少文人做官无门，郁郁不得志，卢挚却顺风顺水，官至翰林学士承旨。

卢挚交游广阔,和姚燧以及"娱乐圈"的马致远、"女明星"朱帘秀等人均有来往,他还为朱帘秀写过散曲。

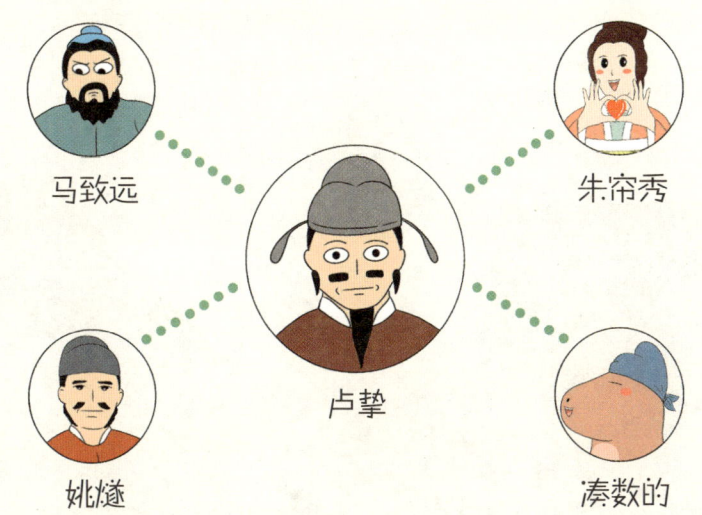

"才欢悦,早间别,痛煞煞好难割舍。画船儿载将春去也,空留下半江明月。"(《寿阳曲·别朱帘秀》)

难得一起开心,突然又要别离,痛煞煞难分难舍。船儿带走了你,也带走了春光,只留下半江明月。

不过比起怀念女明星,卢挚怀古的作品要更多。

"世态纷纷,千古长沙,几度词臣!"(《蟾宫曲·长沙怀古》)

世事千变万化,千年长沙,已不知来过多少文人墨客。

卢挚的散曲清丽飘逸,题材广泛,对散曲的发展有重要贡献。

此外，卢挚是名公大臣，他参与创作，把散曲引入了上层社会，拉高了散曲的文学地位。

窦娥冤（节选）

［元］关汉卿

第三折

（外扮监斩官上，云）下官监斩官是也。今日处决犯人，着做公的把住巷口，休放往来人闲走。（净扮公人，鼓三通、锣三下科）（刽子磨旗、提刀，押正旦带枷上。刽子云）行动些，行动些，监斩官去法场上多时了。（正旦唱）

【正官·端正好】没来由犯王法，不提防遭刑宪，叫声屈动地惊天！顷刻间游魂先赴森罗殿，怎不将天地也生埋怨。

【滚绣球】有日月朝暮悬，有鬼神掌着生死权。天地也只合把清浊分辨，可怎生糊突了盗跖颜渊。为善的受贫穷更命短，造恶的享富贵又寿延。天地也做得个怕硬欺软，却元来也这般顺水推船。地也，你不分好歹何为地？天也，你错勘贤愚枉做天！哎，只落得两泪涟涟。

（刽子云）快行动些，误了时辰也。（正旦唱）

【倘秀才】则被这枷纽的我左侧右偏，人拥的我前合后偃，我窦娥向哥哥行有句言。（刽子云）你有甚么话说？（正旦唱）前街里去心怀恨，后街里去死无冤，休推辞路远。

（刽子云）你如今到法场上面，有什么亲眷要见的，可教他过来，见你一面也好。（正旦唱）

【叨叨令】可怜我孤身只影无亲眷,则落的吞声忍气空嗟怨。(刽子云)难道你爷娘家也没的?(正旦云)只有个爹爹,十三年前上朝取应去了,至今杳无音信。(唱)早已是十年多不睹爹爹面。(刽子云)你适才要我往后街里去,是甚么主意?(正旦唱)怕则怕前街里被我婆婆见。(刽子云)你的性命也顾不得,怕他见怎的?(正旦云)俺婆婆若见我披枷带锁赴法场餐刀去呵,(唱)枉将他气杀也么哥,枉将他气杀也么哥。告哥哥,临危好与人行方便。

(卜儿哭上科,云)天那,兀的不是我媳妇儿!(刽子云)婆子靠后。(正旦云)既是俺婆婆来了,叫他来,待我嘱付他几句话咱。(刽子云)那婆子,近前来,你媳妇要嘱付你话哩。(卜儿云)孩儿,痛杀我也!(正旦云)婆婆,那张驴儿把毒药放在羊肚儿汤里,实指望药死了你,要霸占我为妻。不想婆婆让与他老子吃,倒把他老子药死了。我怕连累婆婆,屈招了药死公公,今日赴法场典刑。婆婆,此后遇着冬时年节,月一十五,有瀽不了的浆水饭,瀽半碗儿与我吃;烧不了的纸钱,与窦娥烧一陌儿。则是看你死的孩儿面上!(唱)

【快活三】念窦娥葫芦提当罪愆,念窦娥身首不完全,念窦娥从前已往干家缘,婆婆也,你只看窦娥少爷无娘面。

【鲍老儿】念窦娥伏侍婆婆这几年,遇时节将碗凉浆奠;你去那受刑法尸骸上烈些纸钱,只当把你亡化的孩儿荐。(卜儿哭科,云)孩儿放心,这个老身都记得。天那,兀的不痛杀我也!(正旦唱)婆婆也,再也不要啼啼哭哭,烦烦恼恼,怨气冲天。这都是我做窦娥的没时没运,不明不暗,负屈衔冤。

(刽子做喝科,云)兀那婆子靠后,时辰到了也。(正旦跪科)(刽子开枷科)(正旦云)窦娥告监斩大人,有一事肯依窦娥,便死而无怨。(监斩官云)你有什么事?你说。(正旦云)要一领净席,等我窦娥站立;又要丈二白练,挂在旗枪上。若是我窦娥委实冤枉,

刀过处头落，一腔热血休半点儿沾在地下，都飞在白练上者。（监斩官云）这个就依你，打甚么不紧！（刽子做取席站科，又取白练挂旗上科）（正旦唱）

【耍孩儿】不是我窦娥罚下这等无头愿，委实的冤情不浅；若没些儿灵圣与世人传，也不见得湛湛青天。我不要半星热血红尘洒，都只在八尺旗枪素练悬。等他四下里皆瞧见，这就是咱苌弘化碧，望帝啼鹃。

（刽子云）你还有甚的说话，此时不对监斩大人说，几时说哪？（正旦再跪科，云）大人，如今是三伏天道，若窦娥委实冤枉，身死之后，天降三尺瑞雪，遮掩了窦娥尸首。（监斩官云）这等三伏天道，你便有冲天的怨气，也召不得一片雪来，可不胡说！（正旦唱）

【二煞】你道是暑气暄，不是那下雪天；岂不闻飞霜六月因邹衍？若果有一腔怨气喷如火，定要感的六出冰花滚似绵，免着我尸骸现；要什么素车白马，断送出古陌荒阡！

（正旦再跪科，云）大人，我窦娥死的委实冤枉，从今以后，着这楚州亢旱三年！（监斩官云）打嘴！那有这等说话！（正旦唱）

【一煞】你道是天公不可期，人心不可怜，不知皇天也肯从人愿。做甚么三年不见甘霖降？也只为东海曾经孝妇冤。如今轮到你山阳县。这都是官吏每无心正法，使百姓有口难言。

（刽子做磨旗科，云）怎么这一会儿天色阴了也？（内做风科，刽子云）好冷风也！（正旦唱）

【煞尾】浮云为我阴，悲风为我旋，三桩儿誓愿明提遍。（做哭科，云）婆婆也，直等待雪飞六月，亢旱三年呵，（唱）那其间才把你个屈死的冤魂这窦娥显。

（刽子做开刀，正旦倒科）（监斩官惊云）呀，真个下雪了，有这等异事！（刽子云）我也道平日杀人，满地都是鲜血，这个窦娥的

血都飞在那丈二白练上,并无半点落地,委实奇怪。(监斩官云)这死罪必有冤枉。早两桩儿应验了,不知亢旱三年的说话准也不准?且看后来如何。左右,也不必等待雪晴,便与我抬他尸首,还了那蔡婆婆去罢。(众应科,抬尸下)

汉宫秋(节选)

[元]马致远

第三折

(番使拥旦上,奏胡乐科,旦云)妾身王昭君。自从选入宫中,被毛延寿将美人图点破,送入冷宫。甫能得蒙恩幸,又被他献与番王形像。今拥兵来索,待不去,又怕江山有失;没奈何将妾身出塞和番。这一去,胡地风霜,怎生消受也!自古道:"红颜胜人多薄命,莫怨春风当自嗟。"(驾引文武内官上,云)今日灞桥饯送明妃,却早来到也。(唱)

【双调·新水令】锦貂裘生改尽汉宫妆,我则索看昭君画图模样。旧恩金勒短,新恨玉鞭长。本是对金殿鸳鸯,分飞翼怎承望!

(云)您文武百官计议,怎生退了番兵,免明妃和番者。(唱)

【驻马听】宰相每商量,大国使还朝多赐赏。早是俺夫妻恨怏,小家儿出外也摇装。尚兀自渭城衰柳助凄凉,共那灞桥流水添惆怅。偏您不断肠,想娘娘那一天愁都撮在琵琶上。

(做下马科)(与旦打悲科)(驾云)左右慢慢唱者,我与明妃饯一杯酒。(唱)

【步步娇】您将那一曲阳关休轻放,俺咫尺如天样,慢慢的捧玉觞,朕本意待尊前捱些时光,且休问劣了宫商,您则与我半句儿俄延

着唱。

（番使云）请娘娘早行，天色晚了也。（驾唱）

【落梅风】可怜俺别离重，你好是归去的忙。寡人心先到他李陵台上。回头儿却才魂梦里想，便休题贵人多忘。

（旦云）妾这一去，再何时得见陛下？把我汉家衣服都留下者。正是：今日汉宫人，明朝胡地妾；忍着主衣裳，为人作春色。（留衣服科）（驾唱）

【殿前欢】说什么留下舞衣裳，被西风吹散旧时香。我委实怕宫车再过青苔巷，猛到椒房，那一会想菱花镜里妆，风流相，兜的又横心上。看今日昭君出塞，几时似苏武还乡？

（番使云）请娘娘行罢，臣等来多时了也。（驾云）罢罢罢！明妃，你这一去，休怨朕躬也。（做别科，驾云）我那里是大汉皇帝！（唱）

【雁儿落】我做了别虞姬楚霸王，全不见守玉关征西将。那里取保亲的李左车，送女客的萧丞相？

（尚书云）陛下不必挂念。（驾唱）

【得胜令】那里也架海紫金梁？枉养着那边庭上铁衣郎。您也要左右人扶侍，俺可甚糟糠妻下堂！您但提起刀枪，却早小鹿儿心头撞。今日央及煞娘娘，怎做的男儿当自强！

（尚书云）陛下，咱回朝去罢。（驾唱）

【川拨棹】怕不待放丝缰，咱可甚鞭敲金镫响。你管燮理阴阳，掌握朝纲，治国安邦，展土开疆；假若俺高皇，差你个梅香，背井离乡，卧雪眠霜，若是他不恋恁春风画堂，我便官封你一字王。

（尚书云）陛下，不必苦死留他，着他去了罢。（驾唱）

【七弟兄】说甚么大王、不当、恋王嫱，兀良。怎禁他临去也回头望！那堪这散风雪旌节影悠扬，动关山鼓角声悲壮。

【梅花酒】呀！俺向着这迥野悲凉，草已添黄，兔早迎霜。犬褪

得毛苍,人搊起缨枪,马负着行装,车运着糇粮,打猎起围场。他他他,伤心辞汉主;我我我,携手上河梁。他部从入穷荒,我銮舆返咸阳。返咸阳,过宫墙;过宫墙,绕回廊;绕回廊,近椒房;近椒房,月昏黄;月昏黄,夜生凉;夜生凉,泣寒螀;泣寒螀,绿纱窗;绿纱窗,不思量!

【收江南】呀!不思量除是铁心肠!铁心肠也愁泪滴千行。美人图今夜挂昭阳,我那里供养,便是我高烧银烛照红妆。

(尚书云)陛下,回銮罢,娘娘去远了也。(驾唱)

【鸳鸯煞】我则索大臣行说一个推辞谎,又则怕笔尖儿那火编修讲。不见他花朵儿精神,怎趁那草地里风光?唱道伫立多时,徘徊半晌,猛听的塞雁南翔,呀呀的声嘹亮,却原来满目牛羊,是兀那载离恨的毡车半坡里响。(下)

(番王引部落拥昭君上,云)今日汉朝不弃旧盟,将王昭君与俺番家和亲。我将昭君封为宁胡阏氏,坐我正宫。两国息兵,多少是好。众将士,传下号令,大众起行,望北而去。(做行科)(旦问云)这里甚地面了?(番使云)这是黑龙江,番汉交界去处。南边属汉家,北边属我番国。(旦云)大王,借一杯酒望南浇奠,辞了汉家,长行去罢。(做奠酒科,云)汉朝皇帝,妾身今生已矣,尚待来生也。(做跳江科)(番王惊救不及,叹科,云)嗨!可惜,可惜!昭君不肯入番,投江而死。罢罢罢!就葬在此江边,号为青冢者。我想来,人也死了,枉与汉朝结下这般仇隙,都是毛延寿那厮搬弄出来的。把都儿,将毛延寿拿下,解送汉朝处治,我依旧与汉朝结和,永为甥舅,却不是好。(诗云)则为他丹青画误了昭君,背汉主暗地私奔;将美人图又来哄我,要索取出塞和亲。岂知道投江而死,空落的一见消魂。似这等奸邪逆贼,留着他终是祸根。不如送他去汉朝哈喇,依还的甥舅礼,两国长存。(下)

一枝花·不伏老

［元］关汉卿

　　攀出墙朵朵花，折临路枝枝柳。花攀红蕊嫩，柳折翠条柔。浪子风流。凭着我折柳攀花手，直煞得花残柳败休。半生来折柳攀花，一世里眠花卧柳。

　　〔梁州〕我是个普天下郎君领袖，盖世界浪子班头。愿朱颜不改常依旧。花中消遣，酒内忘忧。分茶，攧竹；打马，藏阄。通五音六律滑熟。甚闲愁到我心头。伴的是银筝女银台前理银筝笑倚银屏，伴的是玉天仙携玉手并玉肩同登玉楼。伴的是金钗客歌金缕捧金樽满泛金瓯。你道我老也，暂休。占排场风月功名首，更玲珑又剔透。我是个锦阵花营都帅头，曾玩府游州。

　　〔隔尾〕子弟每是个茅草岗、沙土窝初生的兔羔儿乍向围场上走；我是个经笼罩、受索网、苍翎毛老野鸡蹅踏的阵马儿熟。经了些窝弓冷箭蜡枪头，不曾落人后。恰不道"人到中年万事休"，我怎肯虚度了春秋。

　　〔尾〕我是个蒸不烂、煮不熟、捶不匾、炒不爆、响珰珰一粒铜豌豆，恁子弟每谁教你钻入他锄不断、斫不下、解不开、顿不脱、慢腾腾千层锦套头？我玩的是梁园月，饮的是东京酒；赏的是洛阳花，攀的是章台柳。我也会围棋、会蹴踘、会打围、会插科、会歌舞、会吹弹、会咽作、会吟诗、会双陆。你便是落了我牙、歪了我嘴、瘸了我腿、折了我手，天赐与我这几般儿歹症候。尚兀自不肯休。则除是阎王亲自唤，神鬼自来勾。三魂归地府，七魄丧冥幽。天哪，那其间才不向烟花路儿上走。

耍孩儿·庄家不识构阑

〔元〕杜仁杰

风调雨顺民安乐,都不似俺庄家快活。桑蚕五谷十分收,官司无甚差科。当村许下还心愿,来到城中买些纸火。正打街头过,见吊个花碌碌纸榜,不似那答儿闹穰穰人多。

〔六煞〕见一个人手撑着椽做的门,高声的叫"请请",道"迟来的满了无处停坐"。说道"前截儿院本《调风月》,背后幺末敷演《刘耍和》"。高声叫"赶散易得,难得的妆哈"。

〔五煞〕要了二百钱放过咱,入得门上个木坡。见层层叠叠团圆坐。抬头觑是个钟楼模样,往下觑却是人旋窝。见几个妇女向台儿上坐,又不是迎神赛社,不住的擂鼓筛锣。

〔四煞〕一个女孩儿转了几遭,不多时引出一伙。中间里一个央人货。裹着枚皂头巾顶门上插一管笔,满脸石灰更着些黑道儿抹。知他待是如何过?浑身上下,则穿领花布直裰。

〔三煞〕念了会诗共词,说了会赋与歌。无差错。唇天口地无高下,巧语花言记许多。临绝末,道了低头撮脚,爨罢将幺拨。

〔二煞〕一个妆做张太公,他改做小二哥。行行行说向城中过,见个年少的妇女向帘儿下立,那老子用意铺谋待取做老婆,教小二哥相说合,但要的豆谷米麦,问甚布绢纱罗。

〔一煞〕教太公往前挪不敢往后挪,抬左脚不敢抬右脚。翻来复去由他一个。太公心下实焦躁,把一个皮棒槌则一下打做两半个。我则道脑袋天灵破,则道兴词告状,划地大笑呵呵。

〔尾〕则被一胞尿,爆的我没奈何,刚捱刚忍更待看些儿个,枉被这驴颓笑杀我。

骤雨打新荷
[元] 元好问

绿叶阴浓,遍池亭水阁,偏趁凉多。海榴初绽,朵朵蹙红罗。乳燕雏莺弄语,有高柳鸣蝉相和。骤雨过,琼珠乱撒,打遍新荷。

人世百年有几,念良辰美景,休放虚过。穷通前定,何用苦张罗。命友邀宾玩赏,对芳樽浅酌低歌。且酩酊,任他两轮日月,来往如梭。

阳春曲·题情
[元] 白朴

轻拈斑管书心事,细折银笺写恨词。可怜不惯害相思。则被你个肯字儿,施逗我许多时。

鬓云懒理松金凤,烟粉慵施减玉容。伤情经岁绣帏空,心绪冗,闷倚翠屏风。

慵拈粉扇闲金缕,懒酌琼浆冷玉壶。才郎一去信音疏,长叹吁,香脸泪如珠。

从来好事天生俭,自古瓜儿苦后甜。奶娘催逼紧拘钳,甚是严,越间阻越情忺。

笑将红袖遮银烛,不放才郎夜看书。相偎相抱取欢娱,止不过迭应举,及第待何如。

百忙里铰甚鞋儿样,寂寞罗帏冷篆香。向前搂定可憎娘,止不过赶嫁妆,误了又何妨。

天净沙·春
[元] 白朴

春山暖日和风,阑干楼阁帘栊,杨柳秋千院中。啼莺舞燕,小桥流水飞红。

沉醉东风·渔夫

［元］白朴

黄芦岸白蘋渡口,绿杨堤红蓼滩头。虽无刎颈交,却有忘机友。点秋江白鹭沙鸥。傲杀人间万户侯,不识字烟波钓叟。

寄生草·饮

［元］白朴

长醉后方何碍,不醒时有甚思。糟腌两个功名字,醅渰千古兴亡事,曲埋万丈虹霓志。不达时皆笑屈原非,但知音尽说陶潜是。

四块玉·闲适

［元］关汉卿

适意行,安心坐。渴时饮饥时餐醉时歌,困来时就向莎茵卧。日月长,天地阔,闲快活。

旧酒投,新醅泼,老瓦盆边笑呵呵。共山僧野叟闲吟和。他出一对鸡,我出一个鹅,闲快活。

意马收,心猿锁。跳出红尘恶风波,槐阴午梦谁惊破。离了利名场,钻入安乐窝,闲快活。

南亩耕,东山卧,世态人情经历多。闲将往事思量过。贤的是他,愚的是我,争什么!

四块玉·别情

［元］关汉卿

自送别,心难舍,一点相思几时绝。凭阑袖拂杨花雪。溪又斜,山又遮,人去也。

一枝花·赠朱帘秀
〔元〕关汉卿

轻裁虾万须,巧织珠千串。金钩光错落,绣带舞蹁跹。似雾非烟,妆点就深闺院,不许那等闲人取次展。摇四壁翡翠浓阴,射万瓦琉璃色浅。

〔梁州〕富贵似侯家紫帐,风流如谢府红莲,锁春愁不放双飞燕。绮窗相近,翠户相连,雕栊相映,绣幕相牵。拂苔痕满砌榆钱,惹杨花飞点如绵。愁的是抹回廊暮雨萧萧,恨的是筛曲槛西风剪剪,爱的是透长门夜月娟娟。凌波殿前,碧玲珑掩映湘妃面,没福怎能够见。十里扬州风物妍,出落着神仙。

〔尾〕恰便似一池秋水通宵展,一片朝云尽日悬。你个守户的先生肯相恋,煞是可怜,则要你手掌儿里奇擎着耐心儿卷。

一枝花·杭州景
〔元〕关汉卿

普天下锦绣乡,环海内风流地。大元朝新附国,亡宋家旧华夷。水秀山奇,一到处堪游戏,这答儿忒富贵。满城中绣幕风帘,一哄地人烟凑集。

〔梁州第七〕百十里街衢整齐,万余家楼阁参差,并无半答儿闲田地。松轩竹径,药圃花蹊,茶园稻陌,竹坞梅溪。一陀儿一句诗题,一步儿一扇屏帏。西盐场便似一带琼瑶,吴山色千叠翡翠。兀良,望钱塘江万顷玻璃。更有清溪、绿水,画船儿来往闲游戏。浙江亭紧相对,相对着险岭高峰长怪石,堪羡堪题。

〔尾〕家家掩映渠流水,楼阁峥嵘出翠微,遥望西湖暮山势。看了这壁,觑了那壁,纵有丹青下不得笔。

金字经·夜来西风里
〔元〕马致远

夜来西风里,九天鹏鹗飞。困煞中原一布衣。悲,故人知未知?登楼意,恨无上天梯。

夜行船·秋思
〔元〕马致远

百岁光阴一梦蝶,重回首往事堪嗟。今日春来,明朝花谢。急罚盏夜阑灯灭。

〔乔木查〕想秦宫汉阙,都做了衰草牛羊野。不恁么渔樵没话说。纵荒坟横断碑,不辨龙蛇。

〔庆宣和〕投至狐踪与兔穴,多少豪杰。鼎足虽坚半腰里折。魏耶?晋耶?

〔落梅风〕天教你富,莫太奢。没多时好天良夜。富家儿更做道你心似铁,争辜负了锦堂风月。

〔风入松〕眼前红日又西斜,疾似下坡车。不争镜里添白雪,上床与鞋履相别。莫笑鸠巢计拙,葫芦提一向装呆。

〔拨不断〕利名竭,是非绝。红尘不向门前惹,绿树偏宜屋角遮,青山正补墙头缺;更那堪竹篱茅舍。

〔离亭宴煞〕蛩吟罢一觉才宁贴,鸡鸣时万事无休歇。何年是彻?看密匝匝蚁排兵,乱纷纷蜂酿蜜,急攘攘蝇争血。裴公绿野堂,陶令白莲社,爱秋来时那些:和露摘黄花,带霜分紫蟹,煮酒烧红叶。想人生有限杯,浑几个重阳节?人问我顽童记者:便北海探吾来,道东篱醉了也。

天净沙·秋思

〔元〕马致远

枯藤老树昏鸦，小桥流水人家，古道西风瘦马。夕阳西下，断肠人在天涯。

耍孩儿·借马

〔元〕马致远

近来时买得匹蒲梢骑，气命儿般看承爱惜。逐宵上草料数十番，喂饲得膘息胖肥。但有些秽污却早忙刷洗，微有些辛勤便下骑。有那等无知辈，出言要借，对面难推。

〔七煞〕懒设设牵下槽，意迟迟背后随，气忿忿懒把鞍来鞴。我沉吟了半晌语不语，不晓事颓人知不知？他又不是不精细，道不得"他人弓莫挽，他人马休骑"。

〔六煞〕不骑呵西棚下凉处拴，骑时节拣地皮平处骑。将青青嫩草频频的喂。歇时节肚带松松放，怕坐的困尻包儿款款移。勤觑着鞍和辔，牢踏着宝镫，前口儿休提。

〔五煞〕饥时节喂些草，渴时节饮些水。着皮肤休使粗毡屈，三山骨休使鞭来打，砖瓦上休教稳着蹄。有口话你明明的记：饱时休走，饮了休驰。

〔四煞〕抛粪时教干处抛，尿绰时教净处尿。拴时节拣个牢固桩橛上系。路途上休要踏砖块，过水处不教践起泥。这马知人义，似云长赤兔，如益德乌骓。

〔三煞〕有汗时休去檐下拴，渲时休教侵着颏。软煮料草铡底细。上坡时款把身来耸，下坡时休教走得疾。休道人忒寒碎。休教鞭颩着马眼，休教鞭擦损毛衣。

〔二煞〕不借时恶了弟兄，不借时反了面皮。马儿行嘱付叮咛记：鞍心马户将伊打，刷子去刀莫作疑。则叹的一声长吁气，哀哀怨怨，切切悲悲。

〔一煞〕早晨间借与他，日平西盼望你，倚门专等来家内。柔肠寸寸因他断，侧耳频频听你嘶。道一声"好去"，早两泪双垂。

〔尾〕没道理没道理，忒下的忒下的。恰才说来的话君专记，一口气不违借与了你。

寿阳曲
［元］马致远

相思病，怎地医？只除是有情人调理。相偎相抱诊脉息，不服药自然圆备。

蟾宫曲·梦中作
［元］郑光祖

半窗幽梦微茫，歌罢钱塘，赋罢高唐。风入罗帏，爽入疏棂，月照纱窗。缥缈见梨花淡妆，依稀闻兰麝余香。唤起思量，待不思量，怎不思量？

塞鸿秋
［元］郑光祖

金谷园那得三生富，铁门限柱作千年妒，汨罗江空把三闾污，北邙山谁是千钟禄。想应陶令杯，不到刘伶墓。怎相逢不饮空归去。

凭阑人·寄征衣
〔元〕姚燧

欲寄君衣君不还,不寄君衣君又寒。寄与不寄间,妾身千万难。

阳春曲
〔元〕姚燧

笔头风月时时过,眼底儿曹渐渐多。有人问我事如何,人海阔,无日不风波。

寿阳曲·别朱帘秀
〔元〕卢挚

才欢悦,早间别,痛煞煞好难割舍。画船儿载将春去也,空留下半江明月。

蟾宫曲·长沙怀古
〔元〕卢挚

朝瀛洲暮舣湖滨,向衡麓寻诗,湘水寻春。泽国纫兰,汀洲搴若,谁与招魂?空目断苍梧暮云,黯黄陵宝瑟凝尘。世态纷纷,千古长沙,几度词臣!